杉本文夫歌集

海洋緑道

青磁社

海洋緑道＊目次

I

杉本文夫歌集

海洋緑道

I

回送電車

音もなく回送電車が動き出す暗き車内に非常灯見ゆ

翳りゆくビルが切り取る冬空に夕焼けのなごり思いがけなし

洋弓のごと黒く浮き立つクレーンのその矢は我を射んかと怯ゆ

ふっと点く街路のあかり十二、三行く人の眉に陰をつくれり

終電車に黄色き衣の尼僧あり人寄せつけず窓外見つむ

通過列車見送る我の足もとに夜のペチュニアほの赤く咲く

三半規管

春霞三半規管をゆすりつつボンバルディアは右旋回す

プロペラは左にまわりて揚力を産み出し我を空へと運ぶ

中津より地上に出でし地下鉄はのどかに流れる淀川わたる

水面には銀橋《ぎんばし》白く浮かびたり造幣局の夜桜のはて

背なの子をあやせる若き母親の手に白き杖夜の地下鉄

嘴太の目玉がくるりと反転すやつらはこの世を見おろしてるぜ

馬場南遺跡

万燈会御堂の前に経を読む僧侶らの影闇へゆらめく

数千の燈芯それぞれ炎もち僧らの姿油煙にうかぶ

炎へと羽虫も誘い込まれなん虫の音かすかに読経に重なる

数百の僧侶らの声地をはいて谷間に満てり読経の響き

僧侶らの拝みし声は木間より御堂の仏へ昇りてゆけり

北近江

積乱雲の隈深き裾を薄雲がよぎりて光る北近江の夏

魞《えり》の杭列湖面静かに分けおれり松原つづきひと一人なし

クリスタル・ガイザーを飲む女子高生そのあごをつたう汗の一筋

ジェット機と競いつつ飛ぶアキアカネ翅脈透かして青空を見る

空席のシーツは白しこだまにて明石大橋一人ながむる

これからを如何に生きんか　窓外の風切り音が思いを揺する

次々とレールスターに抜かさるるこだまにありて小さく息す

フォーラムにすわりし我に片言も響くものなし　海蒼々と

壬申の乱

夜深し追っ手より逃ぐる大海人の噛めるくちびるかがりが照らす

黒雲が夜空に縦に長くのぶ神知る行方大海人占う

寒き雨鸕野讃良《うののさらら》は耐えつつもこの時かけて御供《みとも》したまう
和蹔《わざみ》が原に息ひそめつつおののけり兵《つわもの》たちは戦さの前に
銀色の放物線がたどるさき遠矢はずれて韓国《からくに》は逃ぐ

標識灯

文殊また普賢の御名を騙りつつ窓なき石塊ナトリウム漏らす

なめらかに日本語つかう袁謐《ユアンミー》がふともらしたり祖母の反日

イラブチャの白き刺身の三切れほど紫蘇の緑を透かす初夏

美《ちゅ》ら海の水族館《アクエリウム》の大水槽ジンベエザメがのそりと口あく

対流がつくり出したるひつじ雲　ああ夏はもう終わったんだ

鉄塔の標識灯が明滅す　いつのまにやら老いてしまえり

すじ雲と飛行機雲が交叉して若狭の廃寺に立つわれ一人

わが前に診察室の隅占める角膜形状解析装置

針先のような光がランダムに明滅しつつ網膜調ぶ

鱵のように白い腹出し横たわるエコー検査の事務的進行

アナベル

血中の酸素濃度がさがり行く義母のもとへとタクシーを駆る

点滴の針さされたる静脈は義母のしなびた腕に走れり

わずか百キロカロリーの点滴も義母にはもはや受くる力なし

体外の血管のように義母の手に太さ五ミリのチューブがつながる

言いすぎてしまった後に飲む水のコップを小さき泡がのぼれり

吊革にすがる若者『衰亡の経済学』を読みて目を閉ず

ベルナール・ビュッフェが描きしアナベルは鼻すこしあげ静かに立てり

ビル窓にうつる東の朝空を鳩ただ一羽まっすぐに飛ぶ

真夜中の交叉点なる赤信号小さき点の集まりてつく

赤血球

屈折がなければ歌はうたえぬと言われてひとり藤の花見る

いかにして歌に自分を盛ればよい　つかみかねつつ鉛筆にぎる

今日もまた人の作れる歌読めず椅子の硬さを尻に感じつ

アイディアが一つも浮かんで来ない午後水ばかり飲んで雲をながめる

発見さえ歌えばそれでいいものか　夏雲見つつこころ腑分けす

〆切過ぎて編集者の声は尖れども「できないものはできはしないよ」

すぐそこに歌句があるのにつかめない　鳩の鳴きいる窓外を見る

赤血球が動脈の中行くようにテールランプは長くつらなる

かかとから細振動が這いのぼるハイウェーバスは夜ひた走る

赤きセーターの女子大生が背伸びするハイウェーバスの前方座席

明石大橋

気おくれて一言もわれ発しえず会議は終わりぬ　夕焼けをみる

チェロの音のみちる舞台でスコアをめくる女性は背筋をのばす

さしわたし六千万光年の星雲になって南の空に浮きたし

暗き面を縁どるようにつづく灯に対岸までの距離たしかめる

体温の調節能力弱まりてまぶたを細め白き道歩む

重力にあらがうように飛行機が夏空を行く夏の終わりに

夏雲をつかもうとして海峡に明石大橋背のびして立つ

縹色の空を真白く染めながら羊の雲がポコポコと湧く

びわこ美空団地

団地ひとつ無くなりし後の空間を吐息のようにアキアカネ飛ぶ

出口の遠き地下街を行き人々はみな猫背にて目線を落とす

大学の時計台下のレストラン我らが攻めし権力のはて

十二番Eに座りて左手に猛き神すむ伊吹山見上ぐ

八つずつ赤き眼をもつ蜘蛛となり高層ビル群深く呼吸す

寝不足にて人ごみのなか歩むとき魂がふと落ちそうになる

いつまでも形を取らぬ想念の切れはしが飛ぶ明日講演日

自転車の前と後ろに娘を乗せて坂くだるにつれ琵琶湖ひろがる

手と足にからみつく娘らひきつれて曼陀羅山からびわ湖見し時

向こうの棟の三階にポツリ灯が点けり入居初日の二つだけの灯

手のひらの形

「手のひらの形が私と同じなの」ベッドのそばで妻がつぶやく

しっかりとにぎった義母の手をさする　シミの間を走れる静脈

生と死の段差は二センチほどもなく義母はふわりと越えて逝きたり

何年もかけて別れを言いしゆえまさにその時涙ながれず

喉仏を最後に立てて蓋をせり緑の箸が奇妙に長い

玄関の薄暗がりに香《こう》かおるカサブランカの大輪の白

シュナイダー先生

隣席《となり》にて観世音経読む女は手首に朱き数珠をまきおり

駒場野の雑木林をさまよいきほのかな葉音に獣の気配

シュナイダー先生はふとつぶやけり「胃と膵臓に癌があります」

これまでの失言つぎつぎ思い出すのぞみの窓外灯が流れゆき

桑の実の汁を含めば食道は深紫にいま染まりゆく

静脈透ける手に朱き数珠まきつけて若き尼僧は観音経よむ

二十八で息子が先に逝ったんだ　梶谷さんの眸《め》が深くなる

結界

切符には青の地模様朱の数字ICOCA忘れてあらためて見る

くちびるをあてて飲んでるはずなのにコーヒーするりと胸元に落つ

矢来のように七月の雨は白く降り結界つくりて伽藍をかこむ

にごり水の下から鯉の大口がわれの魂吸いとりにくる

おかっぱの髪を左右にふりながらトッタトッタと晴子は走る

紀伊の国の藤白神社の風鈴は有間皇子をよぶごとく鳴る

秋の夜のハザードランプの点滅がわれの鼓動にシンクロしてくる

熊野河畔に柱状節理がそびえ立つマグマの動き感じとりたい

焼経

鹿の糞さけつつ歩く雨の朝大仏殿は薄もやに立つ

幾重にも薄様《うすよう》に包まれ観音は台車の上に横たわりたり

修理にて光背宝冠取られしも不空羂索観音立てり

月光菩薩の袖に緑の残りたりそを見つけしは我の歓び

断ってしまったことの大きさにたじろぐばかり　もはや秋なり

少年の不安な眼をもて五部浄《ごぶじょう》は宙天の闇見つめつづける

下半身と腕うしないし五部浄は木架に乗せられ宙に浮かべり

焼経《やけぎょう》にわずかに残る銀の文字紺紙《こんし》ににぶく浮かび出でたり

銀仏は御手のみ残し金堂の炎の中に溶け崩れたり

塩の白粒

神谷町駅の三番階段登ったらあるはずなのにそのビルがない

休み明けついに授業を始めねば　心沈みて夕飯を食う

磨崖仏は葉理に沿いて崩れゆく片耳が落ちつぎに手が落つ

アムステル川のダムのほとりに町ありて我は行きたしかの蘭学の国

五カ月余かけて書き来し論文を添付ファイルで送る爽快

懐中電灯に石敷道の浮かびいで通夜へと急ぐ夜の東大寺

通夜の夜の黒き衣の僧たちの顔と両手がほの白く浮く

黄白き提灯ぞいに浮かぶ道焼香せんと静かに歩む

読経する導師の横に並びたる僧らの数珠の乾いた音す

小さき包の塩の白粒振りいだし近しき人の死穢さえ祓う

雨の幕は若草山を駆けくだり大仏殿を見る間に包む

II

御衣黄桜

その通夜に行かざることも選択か　窓のガラスに雨粒流る

卒論試問にて追及したる学生は背を曲げながら歩み去りたり

中大兄のかつて仰ぎし豊旗の雲大空に長く伸びゆく

「このままだとこの先ずっとこのままだ」向こうの空に低い雨雲

ほくろまではっきり見ゆる遺影なり焼香の時煙すくなし

外壁の防護シートが風を受け丸く波うつ　心を包め

せかされて私はいつも走り出す青信号に変わる寸前

おばあさんの小さな屋台で売っている「鯉のえさ　鹿もたべます」

うす暗き御堂の扉開けしとき帝釈天の玉眼光る

顔半分修復により補われ吉祥《きちじょう》天女なおも立ちたり

三本の御衣《ぎょい》黄桜《こうざくら》は浅緑の花をつけたり東大寺の北

鶵

幾百の眼に全身をさらしつつその圧力に耐えて講義す

三木さんは異動の無念をふっと言い大きな盃をゆっくりと置く

新千里南橋上風強し島熊山は黄砂にうかぶ

四時なのに配付資料がまだできぬ　もうすぐ鶸《ひわ》がさえずるだろう

講演が終わったあとの心地よいしかしけだるい午後の空港

アクセル

あの道を選べばよかったかも知れぬ　不空羂索観世音菩薩

駒場野の光こぼれる道あゆむ初夏の緑はひと色にあらず

駒場野の雑木林を歩むとき風小僧たちひょうと追い抜く

富士川の流れに沿いて目をあげる　大沢崩れの富士褐色なり

紗を通してもの見るように何ごともあいまいなまま今日も過ぎるか

暗き葉の木に雨宿りするわが前を鹿の一群れ頭低く歩む

強さ増す雨筋ごしに大寺の伽藍は輪郭失い始める

「堕ちそうになればアクセル踏むべきだ」モトクロスレーサーのスーツが赤い

真緑の参道

大仏殿の鴟尾の金色木の間より際だってゆく　もう梅雨あけだ

梅雨あけの暑き日射しをさけながら母鹿仔鹿柔き草食む

若草山の肩あたりからわきあがる入道雲は闇を含めり

七階のベランダに立ち海を見る一直線に空支えおり

山科盆地を真緑の参道つらぬけり天智陵へと我は歩めり

塔のように入道雲はせりあがる背中の痛き夏のはじめよ

左眼と右眼の焦点合わぬまま帽子かぶりて街中歩む

研究と歌づくりとのバランスが取りにくい夏　空がまっ青

山の間に琵琶湖の青をのぞみたり墓の前よりまなこ上げれば

サンダーバード

つまらなきテレビ番組いつまでも消すことできず我は見つづく

窓外に隣のビルがそびえ立ち赤き非常灯点滅しつづく

薄桃色の小さな錠剤マイスリー飲めば今夜は眠れるだろうか

モーニングコールの設定ボタンを押す音がホテルの部屋に小さく響く

骨に負った傷をしっかり隠すがに姫路の天守をシートは包む

上ずりて語尾聞きとれぬ訴えを我はなだめるほかなし　雨か

八月のサンダーバードは湖の西に沿いつつ我を運べり

幾本も入道雲が立ちならぶ雲の峰へと引きこまれたい

比良山を薄き雨雲おおいたりサンダーバードで湖岸を走る

灰白色の雲が水面の色を消す豊かにひろがる湖見たし

灰色の雲の背後に太陽を感じつつ行く梅雨の近江路

離れ行く対岸どうしをつなぎ止む琵琶湖をまたぐ大橋の弧が

鵺のむくろ

海峡の向こうにしずむ淡路島その上空の雲は桃色

梅雨の日の午後の会議はおのおのの思い強くて容れることなし

気をつかう会談終えてため息とともに背中をそりかえしてみる

六甲の裾長き斜面を雲影がかけおりてくるスコールが来る

午前午後の二つの講演ようやくにすませて電車に座りこみたり

鵺《ぬえ》のむくろ葬りし小塚は訪れる人なし夜の芦屋公園

双六子

参道の雑踏のなか若き僧ひとり大仏に合掌したり

砂利を踏む音が土塀にはね返る凍える朝に正倉院へ

組み上げられし足場に囲まれ梵天は修理を待ちて半眼開く

緑瑠璃の双六子《すごろくし》には古き世の大気を包む小泡《こあわ》の二つ

朝もやは昼近くまで消え残り高みに浮かぶ二月堂見ゆ

海中電車

引き払う日の近づくにつれ乱れだす研究室の壁の本ども

終点の地下鉄車両は我のごと待避線へと進み行きたり

交叉点渡りし時に思いたり「同じようには暮らしていけぬ」

呑み込めぬことに心をむしばまれ弥生の空は眩しきばかり

千の乗りし海中電車が走るよう高きビルより下のぞく時

「失敗を恐れるものは失敗する」アウンサン・スーチー顔あげ語る

御堂にて僧二十人のとなえたる観世音経太く床はう

女の腕のアオスジアゲハの刺青《しせい》から視線をそらすことができない

救急病棟の暗い廊下の向こうから車椅子にて父が近づく

間似合

集中力は衰えるものと悟りたり隣の棟で鴉がさわぐ

モーニングコールセットし横になり千万都市のひとりと思う

古文書《こもんじょ》の調査で開く巻物の間似合《まにあい》の紙ほのかに黄ばむ

芦屋川の駅より下流を見通せば灰色の海をフェリーが過ぎる

その速さ我に追いつくいとまなし転げ落ちゆく母の容体

六甲の上にわきたつ積雲が湾岸高速のかなたに聳ゆ

フューネラルメイク

フューネラルメイクを終えて横たわるそばで冷たき水を飲みたり

四歳と二歳が廊下をかけまわる通夜ぶるまいの馳走にあきて

スモークの窓ごしに見る夏空は青さを増せり斎場への道

たんたんと係は姿説明す喉仏ひろう番が近づく

その時に迎接《ごうしょう》のことありたるか横たわる母思い起こせり

気がつけばクマゼミはもう鳴き止みぬ真夏の午後の納骨の時

キチキチとショウリョウバッタの羽がなる墓所の根深き草を引き抜く

しっかりと食べねばここは乗り切れぬヒレカツ定食一・五倍

線香の煙が小さく渦を巻く真夏の灼けた墓塔の前で

手に持てる鈴《りん》を打ちつつ経をあぐ僧の黄袈裟に汗じみひろがる

白布にて墓塔と霊標ぬぐいたり灼けた熱さを掌に感じつつ

影向

鞘仏《さやぼとけ》の胎内に朽ちし経巻に願主はいかなる祈りを込めしか

若草山を影向《ようごう》のごと夕霧が薄く静かに降りきたれる

白青《びゃくしょう》の朝もやがまだ残るうち南大門をくぐりぬけたし

道ぞいに燈籠ともるその奥に大仏殿は夜目に浮きたつ

真夜中の壁のしみから湧き出ずる形なき不安歌に詠まねば

正倉院にただようかすかな檜の香鼻すこし上げ妻はかぎたり

近つ淡海

積雲の頂つづくを下に見つ十六便は高度をあげる

品川のホームの先の暗がりにわが乗る電車はすべり込み来る

無邪気なる正論ゆえに答えられず窓の外をば鳩が飛びたり

相対性理論はあまりわからねど酔えば自然に時空はゆがむ

三杯のビールを飲みて帰りたり研究なんか今夜はしない

名古屋より二十分過ぐと両側に遠つ淡海《あわうみ》にぶく広がる

新幹線のパンタグラフが風を切る近つ淡海遠つ淡海

大井川天龍川に富士川と白骨《しらほね》のごとき河原越え行く

今日もまた富士は見えずに過ぎゆけり後の席で女が身じろぐ

III

右　肺

そびえたつ大雲の根をボーイング777よまわり込み飛べ

機窓に浮かぶちぎれし雲の間より濃縹《こはなだ》色の海が透け見ゆ

樒の葉が光る参道歩むときかなたの鳥居陽に浮かびおり

講堂裏の小川の氷母鹿が割りて仔鹿は水を飲みたり

朝の気のごと膝頭より這いのぼる大震災の慰霊の読経

右肩のさがれる父の右肺に癌は棲み居る　暴れるなかれ

肩の上の頭は右に傾けり肺のしぼみし父の老いゆく

万燈会

孟冬の六日に聖武天皇は金光明寺《こんこうみょうじ》に行幸しませり

朱雀路の左右に並ぶ燈明は万のゆらぎの光放てり

五丈余の大き仏は万燈に浮かびあがれり朱雀路の北

燈明のゆれる御堂《みどう》に 橘 諸兄《たちばなのもろえ》らひそと座を定めたり

行道《ぎょうどう》する僧らの捧ぐ紙燭《しそく》にて仏の影は壁にゆらげり

大会《だいえ》終えスメラミコトは御寺《みてら》より夜更けて宮に還りたまえり

深層崩壊

根こそぎの深層崩壊前にして輪袈裟《わげさ》をかけてただ手を合わす

如心偈《にょしんげ》を三度唱えて瞑目すいまだ三人見つからぬなり

鳥舞う下をめがけて捜すとぞ獣の骨が見つかることも

五メートルも河床上がると聞かされて数珠持ち直し礫を見つめる

市職員は静かに被害説明すマイクをきつく握りしめつつ

頭蓋

両脇に雪はまだらに寄せられて赤きネオンの点滅うつす

溶け出せる雪をふみつつ行く先に斎場のあかり道を照らせり

階段の下まで続く焼香の列に知りたるいくつもの顔

湖の上空高く青空に綿雲三つ浮かびおりたり

湖西線の窓より見ゆる湖は冬の霞に青灰色なり

窓ガラスに触れる頭蓋に我運ぶ震動と音じかに伝わる

雲低き対岸側にあるはずの淡路島へと渡ってみたい

雨粒が次々走る窓越しに明石大橋海峡に見ゆ

東へと進むにつれて曇り出す新幹線が前線を追う

アジサイ

外来で長く待つ間にアジサイがユキノシタ科と知りてなごめり
古びたる木筥《きばこ》をそっと開けるとき青木香《しょうもっこう》の薫りひろがる

夜十時黒く鎮まる中門に菊の御紋の大提灯点く

参道をキャリーバッグで進むとき規則正しく車が響く

生駒山ゆるゆる登る車窓より雨にもやれる大《だい》大阪見る

琵琶湖ごし薄灰色に浮かぶ比良雪が山ひだ隈取りている

リーチの壺

朝霧が地表に沿いてうごめきつその合間よりお堂ほの見ゆ

霧流れ塔が姿をあらわせり参詣道から見あげしときに

登大路の下り参道歩み出す南大門がせりあがりくる

春日社の藤の花房くぐりつつ大宮人の姿幻視す

徐行するバスのフロントガラスごし赤く光れる鹿の目無数

世の中の色が違うは本当だ　病院を出て初めて見る街

明日までに原稿書かねばならぬのに二次会にまでついていきたり

バーナード・リーチの壺をガラス越しまなこ細めて妻みつめたり

板状の緑泥片岩積みあげし石室の棚に遺体置くとぞ

籬《かき》の内より祝詞聞こゆる伊太祈曾《いだきそ》の森に鎮もる古社に我立つ

鶴　彬

大阪城の夏草しげき濠内に鶴彬《つるあきら》の句碑ひとつ立ちたり

鶴彬呻吟せりと句碑はいう衛戍《えいじゅ》監獄跡の静けさ

夏草がゾワリゾワリと揺れている監獄跡の湿度は高い

青小袖

垂直尾翼を真っ赤に塗った飛行機が伊丹をさして高度を下げる

切れ切れに浮かぶ雲間を飛行機がよぎる一瞬尾翼が光る

奥山より若草山へと黒雲が驟雨を運び流れ下れり

衣桁《いこう》には千鳥飛びゆく青小袖磔刑のごと展示されおり

松風と村雨模様の御所解《ごしょどき》が両袖ひろげ吾《あ》を包みくる

東大寺の夜の境内歩むとき鹿の鋭き鳴き声響く

白瑠璃の壺なる舎利は鑑真が伝えたりしと手を合わせたり

濃紺の靴

改札にICOCAをかざす指先に黄色と赤のマニキュア光る

黒革のコートの裾をはねあげて階段のぼる細き足首

右耳にならぶ五つの銀色のピアスが髪の間より見ゆ

かさ高いマフラーからは両耳が桜色して半分見える

のど首に青く走れる静脈がコートぬぐときすこし見えたり

金髪が黒ぶちメガネにふりかかる沈んだ目にて本読みつづく

乾燥した木を打つような音を立て濃紺の靴が交互に進む

英字新聞

夏の終わりに打ち上げ花火が響くなか通夜の人らは数珠をまさぐる

空席の目だつお通夜に坐りたり身じろぎさえも聞こえるような

スマホの光で顔がいくつも浮き上がる帰宅時のバス疲労を運ぶ

低く這う雲の中より旅客機が北西さして姿あらわす

長椅子にぼう然として座る父ガラスに写る顔をうかがう

英字新聞やめたと父が言うを聞き気力の低下ひそかに怖る

サフィニアの花

ガーデンビューのホテルの窓より見下ろせり高層空間に我は浮游す

学会の切り盛りをしてパーティーも終えてようやく一人飲む酒

外濠の水位さがれる石垣は内面さらして白々とあり

鹿の鼻は黒く濡れいてやわらかしせんべい持つ手に押し付けてくる

新幹線で次の原稿書き進む終点までには間に合わずとも

脳の中に固い何かがあるようでこの論文は生き生きとせぬ

聖語蔵《しょうござう》の調査で経巻ひらくとき樟脳の香が静かにひろがる

サフィニアの花が真紅に群れ咲けり見つめているとどこかが燃える

踏切

帰宅の人ら疲れて黙す夜七時各駅停車に我も乗りたり

尼ヶ辻つぎ西ノ京暗きなか各駅停車は踏切をすぐ

奈良盆地を南に進む各停の窓の外にはともしびわずか

ホームの我を風に巻きこみ揺らしつつオレンジカラーの特急が過ぐ

クラブ終え女子高生らが下校せり疲れて黙し皆スマホ見る

対向車線を回送電車がはうように通り過ぐ夜の大和八木駅

朱のバレッタ

裾先と黒革ブーツの間から膝裏のくぼみ見え隠れする

足早に黒のヒールが歩み去る真っ赤な底が交互にみえる

左手首に巻きつけている金クサリ青い静脈間から見ゆ

グリーングレーのジャケットを着た丸い背を人ごみのなか見失いたり

薄茶色に脱色した髪束ねいる朱のバレッタが遠くから見ゆ

前かがみに歩く腰までさげられたピンクのリュックが上下にゆれる

飛行機雲

大空を戦車が走ったかのようなキャタピラ跡の飛行機雲あり

白く光る機体が先に進みゆきすこし遅れて飛行機雲出づ

いくつかの意見が対立する会議発言させられ色分けされる

十二月若草山は雨にぬれ枯草の色深まりてゆく

目を細め首をつき出し動かずに陽の温もりを求むる鹿ら

ジェットフォイル

松の木は風にて右に傾けり浜辺歩くとまっすぐ立てぬ

海中の大岩ですら押しよせる波は乗りこえ我へと迫る

微細なる潮の飛沫がすき間なく眼鏡につきてこの世がかすむ

ジェットフォイルは明日も島から出ぬという流人の気持かすかに思う

大佐渡の黒白《こくびゃく》の峰を鳥が飛ぶ遠流の島に我は居るなり

コーラス

手を当てると墓塔は芯から灼けている初盆の夏まいりたる時

論文の結論がまだ見とおせぬ白胡蝶蘭の花が落ちたり

情緒的反発だけでは止められぬ緑の岬の先の原発

うす青き海面《うなも》にのびる半島はよき形して原発かかう

道歩く若き男ら次々とコーラスに和し少年になる

大阪平野に満つる靄へと飛行機が高度下げつつ沈んでゆけり

老いとして過さるる気配ただよいてぶすぶすと沸く湯おもいたり

銅イオン

貝灰を布乃利に溶いて塗りし紙つめたくにぶく光りていたり

誤嚥下が心配なりと病む母にわたさざりけり欲しがりし水

左手の指輪がどうにもはずれないならばこのまま送ってやろう

指輪溶け銅イオンにて周辺の骨は緑に染まりていたり

芦屋川の河口をまたぐ高速の橋脚のもと我と海荒る

渺々と海洋緑地が広がれり雑草の上霧雨走る

まっすぐに海洋緑道進みたり小さな波のくずれる磯へ

白雲がゆっくり西に流れ行く夜の青空間にあらん

点滴をはずしたい　と父は言うあとふた月となると知りつつ

母逝きしこの病院を死に場所と定めし父はじっと横たう

勧学院の蜻蛉

オレンジ色のソルデム1《ワン》の点滴がわが血管を染めあげていく

連日の暑さをじっと耐えながら追悼文を二つも書きぬ

この夏は死に包まれて暑かりき教え子は逝き先生は逝き

勧学院の棟の高さを蜻蛉が二、三飛びたりまだ紅くなし

平氏焼き討ちの焼土を見たり東大寺東塔発掘トレンチの中

痛む腰がまんしながら書き続くしめ切り間近の長い論文

東大寺の西回廊の石畳さきほどの雨ににぶく光れり

霧のなか黒衣の老女とすれちがう大仏殿の前の夜道で

南大門へ続く参道人気なく靴音のみが湿って響く

傾動地塊

直接に骨をつかんでいるように車椅子へと父を移せり

目ばかりが大きくなりて我を見る父の頭蓋はあらわになれり

三月ぶりに車椅子にて戻りたり仏壇の母に何やら言う父

キュルキュルとフロアに車椅子きしむ病院へ父送り返せり

直径一キロの大きな円を描きつつ大阪平野を黒鳥二羽飛ぶ

岩盤がメリリと斜めに隆起して傾動地塊の生駒山生《あ》る

父住みしマンションの部屋にもどりたり床暖房切れ冷気が満ちる

机には書きかけのメモ置かれたりまた帰りくるつもりなりしも

フェンス越し黄色い花が咲いているわたしは向こう側に行けない
微粒子が赤を散らして造りたるこの青空に溶けてゆきたし

跋文

前田康子

河野裕子さんとの御縁もあって、私の天王寺のカルチャー教室に杉本文夫さんが来ておられていたのは二〇〇八年から二〇一四年頃のことだった。いつもお仕事の合間を縫って来られているようでネクタイを締めスーツケースを引っ張りながら来られることが多かった。しばらくの間は本名で歌を作られていて、その本名で、古代史の研究者であることに教室の皆さんも私もあっ!と思ったのだが、杉本さんはそのことを全面に出してアピールされるわけでなく、黙々と歌に向かわれているように見えた。初めの頃は歌の批評ということが難しく、口籠りながらも何とか自分の言葉で批評をしようと努力をされていた。しかし取り分け杉本さんに作歌のことで教えることは少なかったと思う。歌をつくるごとにするすると伸びやかな表現をご自分で会得され、着実に世界を大きく広げていかれたように感じる。

今回、原稿から杉本さんの歌をまとめて読ませてもらったが、爽やかな充足感を読後に味わっている。今、手にしているゲラの段階で、あらためてこれが第一歌集というのが不思議な感じがする。かと言って、作り慣れた様子の歌がずらっと並んでいるわけでもない。文体などには初々しさも所々に感じられる。しかし、読んだ後に深い手応えがいつまでも残っていて、早く多くの人にこの一冊を読んでもらいたいわくわくとした気持ちになるのだ。

さて、「塔」には高安国世、永田和宏という、研究者と作歌という二足のわらじを履いた歌人がいるが、杉本さんもそれに続く歌人の一人だろう。『海洋緑道』をひらくと次のような歌がある。

焼経《やけぎょう》にわずかに残る銀の文字紺紙《こんし》ににぶく浮かび出でたり

古びたる木筥《きばこ》をそっと開けるとき青木香《しょうもっこう》の薫りひろがる

貝灰を布乃利に溶いて塗りし紙つめたくにぶく光りていたり

こういう特殊な素材を生かした歌が何首か出て来る。一首目「焼経」は私も博物館などで目にしたことがあるが、紺色の紙に銀色の文字で経が書かれてある美しい巻物だ。ここでは「わずかに残る」とあるので判別がなかなか難しい文字をじっくり見られている。また二首目は木筥《きばこ》や青木香《しょうもっこう》といった言葉が古き時代へイメージをつなげて行く。青木香は合わせ香の材料の一つで正倉院にも納められていたという。千年以上の時を経て薫ってくる香木に読むものも果てし無いロマンを感じる。三首目なども「貝灰」や「布乃利」という言葉が専門的だが、正確に知らなくても字面を歌のなかで味わって想像して読むのも楽しい。このような美しい歌の合間につぎのような歌がある。

研究と歌づくりとのバランスが取りにくい夏　空がまっ青

脳の中に固い何かがあるようでこの論文は生き生きとせぬ

講堂裏の小川の氷母鹿が割りて仔鹿は水を飲みたり

一首目はストレートに心情を述べている。結句で、鬱々とした気持ちとは裏腹な鮮やかな青の夏空に、啞然としているような作者が見える。また二首目ではまだどこか満足のいかない論文の原因を感覚的に捉えようとしていて面白い。三首目では、杉本さんの歌には研究のためによく行かれる奈良や東大寺が出て来るが、そこで出会う鹿の歌も何首かある。これは冬の早朝の景色で、この歌がカルチャーに出されたとき教室に溜息が流れ、皆が鹿の親子の美しい場面をうっとりと想像したのを憶えている。
このような歌がある傍ら、飛行機や新幹線など乗り物の歌も杉本さんの素材の一つである。

春霞三半規管をゆすりつつボンバルディアは右旋回す
次々とレールスターに抜かさるるこだまにありて小さく息す
七階のベランダに立ち海を見る一直線に空支えおり
六甲の裾長き斜面を雲影がかけおりてくるスコールが来る
若草山を影向《ようごう》のごと夕霧が薄く静かに降りきたれる

杉本さんは遠方へ出張の時などの移動中に、時間をみつけて歌を作られることが多いようだ。乗り物から見る景色や乗っている時の体感などうまく表現されている。一首目は「ボンバルディア」という飛行機の名前が効いていて声調もよく堂々とした一首だ。二首目では「こだま」に乗って移動している様子がしっかりとあって、結句の動作も説得力がある。こういう歌の延長に四、五首目のような空や景色を詠んだ歌がある。空の歌は特に多く詠まれ、伴奏のように歌集のなかにあり、さまざまな出来事をその都度その都度支えているように見える。三首目は水平線の真っ直ぐに見える海を結句で「一直線に空支えおり」と表しとても鮮やかだ。四首目は雲の影が山の斜面に映し出され動いて行くさまを捉えている。下句の口語に伸びやかさがある。五首目は「影向」という言葉によって荘厳な雰囲気の一首に仕上がっている。

こういった核になる歌を読みつつさらにどきっとさせられる歌にも出合う。

くちびるをあてて飲んでるはずなのにコーヒーするりと胸元に落つ
小さき包の塩の白粒振りいだし近しき人の死穢さえ祓う
「堕ちそうになればアクセル踏むべきだ」モトクロスレーサーのスーツが赤い

一首目は自らの身体の老いを見つめた歌だ。わりと早い時期にこのように自身を客観的に見る歌を作られたことに、私はすごく驚いた記憶がある。老いを詠むことへの抵抗もないかのようにあっさりと詠まれている。また二首目は葬儀のあとのお清めの塩を振り掛けている様子だが「近しき人の死穢さえ祓う」にはっとする。さっきまで哀しみの中お参りしてきた死者を、もう穢れとして扱う動作は、考えれば矛盾している。三首目は生きていてふと壁にぶつかったり迷いが生じた場面であろうか。モトクロスレーサーの勢いのある言葉はどんと背中を押してくれそうで、結句の「赤」にも前向きな気持ちの勢いを感じる。
またこの歌集には義母と母、父という三人の近親者の死が詠まれている。杉本さんにとって人生で一番苦しく辛い日々がこの歌集には流れているのかもしれない。

その速さ我に追いつくいとまなし転げ落ちゆく母の容体
英字新聞やめたと父が言うを聞き気力の低下ひそかに怖る
母逝きしこの病院を死に場所と定めし父はじっと横たう

どれも読んですぐにわかり一つ一つの状況が胸に迫って来る。一首目、どんどん変わって行く母の容体に、気持ちが追いつかず、なす術もなくうろたえる作者が見える。二、三首目、病により少しずつ精神的にも弱って行く父。「英字新聞やめた」という具体が状況をよく表している。三首目は何も言えなくなるような一首だ。感情を抑え、ひとつひとつの出来事に耐えながら丁寧に詠まれている。ぎりぎりまで作者が耐えて表現していることが、文体に緊張感を与えている。

サフィニアの花が真紅に群れ咲けり見つめているとどこかが燃える

最後にこの歌を引こう。歌を始めるまで花にはそれほど興味がなかった作者だが、この歌集には何首か花の歌がでてくる。その中でもこの歌は不思議な歌だ。「どこかが燃える」が魅力的なフレーズであるが、どこなのだろう?内面的なものともとれるし視覚的にそう捉えているのかもしれない。静かな情熱のようなものが燃えているような印象を受けた。このような歌が次の杉本さんの歌をさらに広げていくのではと思っている。

杉本さんに「塔」に入会された時期をお聞きしたら、入会申込書を投函されたのが二〇一〇年の八月十二日だったという。奇しくも河野裕子さんが亡くなられた日だ。「塔」との巡り合わせを深く感じる。そして多くの方にこの歌集が読まれることを願っている。最後に触れられなかった歌を少しあげたい。

これからを如何に生きんか　窓外の風切り音が思いを揺する
真夜中の交叉点なる赤信号小さき点の集まりてつく
今日もまた人の作れる歌読めず椅子の硬さを尻に感じつ
休み明けついに授業を始めねば　心沈みて夕飯を食う
右肩のさがれる父の右肺に癌は棲み居る　暴れるなかれ
勧学院の棟の高さを蜻蛉が二、三飛びたりまだ紅くなし

あとがき

ちょうど還暦のころ、わたくしは偶然にも日本の古代に使われていた歌木簡というものを見つけ出し、これについて調べはじめた。そこから、歌を作り、それを二尺の長い木簡（木の札）に書きつけるということはどういうことなのか、知りたいと思った。そして、おずおずと歌を作ってはみたが、もちろん自己流では限界があった。

しかし、あるシンポジウムで幸運にもお近づきになることができた河野裕子さんから、何度もお手紙を頂戴し、『塔』を送っていただいたりして、歌の世界への道筋をつけていただいた。そうして歌の教室に通うようになったが、そこの先生が、偶然にも「塔」の前田康子先生であった。先生は、最初の一歩から手ほどきをしてくださった。

そのころには、自分が歌集を出すことができるなどとは、夢にすら思っていなかった。しかし、古稀が近づくにつれて、歌集をつくりたいという大それた思いにとらわれるようになった。逡巡した揚げ句、前田先生にご指導いただいて、ようやくまとめたのがこの歌集である。二〇〇八年（平成二〇）から二〇一六年までの九年弱の歌三四七首を、ほぼ製作順に収めている。

この間に、わたくしは三つの大きな死に出会った。義母、母、父である。このたび歌を取捨選択しながら読み直してみると、個々の歌の直接的なテーマはさまざまであるが、この三つの死が、まるで通奏低音のように深部に流れていることに思いいたった。本歌集を三つに分けたのは、それと対応している。

題の「海洋緑道」は、父母が最後に住んでいたマンションの近く、海辺に続くひっそりとした小道の名称である。わたくしの心境を象徴的に示しているような気がする。

二〇一六年五月二七日

杉本　文夫

塔21世紀叢書第293篇

歌集　海洋緑道《かいようりょくどう》

初版発行日　二〇一六年十月二十七日
著　者　杉本文夫
定　価　二五〇〇円
発行者　永田　淳
発行所　青磁社
京都市北区上賀茂豊田町四〇―一（〒六〇三―八〇四五）
電話　〇七五―七〇五―二八三八
振替　〇〇九四〇―二―一二四二二四
http://www3.osk.3web.ne.jp/~seijisya/
装　幀　大西和重
印刷・製本　創栄図書印刷

ISBN978-4-86198-361-0 C0092 ¥2500E